テーブルのあしを洗っている葡萄酒色の海が……

相沢正一郎

砂子屋書房

テーブルのあしを洗っている葡萄酒色の海が……

テーブルのあしを洗っている葡萄酒色の海が……

いっぴき　にひき　さんびき……
さくを跳びこえてる　ひつじたちを見ているうちに、
あなたはいつものように　だんだん眠くなってくる。
でも、よく見てごらんなさい
ひつじの腹に　ひとが　しがみついてますよ。
ほら、このひつじにも　あのひつじにも……。
もっと　よく見てください。

ひつじたちの　おんなじ横顔にくらべ、
ひつじの腹から　あなたを見ているひとたちの顔が
みんな違うことに気がつかれたことでしょう。
そして　なつかしいこの顔、あの顔のなかに、
あなた自身の顔も……。

第一歌（ムーサよ、わたくしにかの男の物語をして下され）

テーブルのあしを洗っている葡萄酒色の海が、ついさっきまでそこで本を読んでいたひとの息や思念、そして背中の潮の匂いといっしょにドアの隙間に煙のように引いていった。

テーブルのうえに開かれた本の表紙に這う蔦は枯れ、葡萄はしなびている（表紙カバーはもうとっくに剝ぎ取られ、丸裸）。日に焼け、黄ばんで皺々になった紙の肌を、茶色い斑点の浮いている老いた手が愛撫していた。古い物語、そのまわ

りには、まだ羊の臓腑を焙った匂いや潮騒が漂っている。

そこへ洗濯物を毟りとったり、庭の木の葉をゆさぶって天道虫をふりおとしたりする悪戯ものの風が窓から忍び込み、本のページを舟の帆のようにはたはた。……パンを食らう人間ども……歯垣を洩れた……翼ある言葉……甘い眠りをその瞼に投げかけて……昼の間はその大きい布を織っていたが、夜になると松明を傍らに置いて、それをまたほどいて……青銅の蒼穹……船の艫の辺りで眠りに就いた……「さまよう岩《プランクタイ》」……朝のまだきに生れ指ばら色の曙の女神……すき通るような声で歌うセイレンたちの周りには、腐りゆく人間の白骨が……足を洗いかけて忽ちかの傷痕に気がついた……。

第二歌（昼は浜辺の岩に坐り、泣き呻き悩んでは心を苛み、涙をこぼしながら不毛の海を眺める毎日であった）

雲は、ひつじに、魚に、カナトコに姿を変え、かたちのない考えが灰色の雲の影のようにふわふわ浮かんでは消えていく。やがて、視界から雲がとおりすぎ、わたしは窓辺から立ち去る。すると、台所のドアの隙間から雲が入ってきて、テーブルのうえを流れていく。

第三歌（さあ異国の人よ、これから町へ行くから腰をお上げなさい）

さて、足早に野原や田畑をとおりすぎると、あなたは港に出ます。港の狭い通路を抜けると高い壁をめぐらした町に着くでしょう。町には、ポセイダオンのお社の傍らに石畳の集会所、道のわきに泉の湧くポプラの林があります。その途中、けっして出会ったひとの顔を見たり、ものを尋ねたりしてはいけません。牧場、果樹園をとおり抜けたら、しばらく腰をおろして待っていてください。やがて、水瓶をもった若い娘がやってくるでしょう。

……わたしはその声に導かれるようにして歩いてきたが、次第に身のまわりに湧く濃い霧に蔽われ、だんだん頭がテーブルに沈んでいく。よせてはかえす波のように眠りに落ちそうで落ちない……雪山で遭難したひとが深い眠りに抗う、そんな快感とでもいうのか。

気が付くとわたしは本のページのあいだから栞のように抜け出し、その場に腰をおろしていた。さて、これからどちらの方へ……すると微かに懐かしい匂い。わたしは人差し指をしゃぶってから立て、風の方角をさぐった。風上に向かってとにかく歩いていこう。ふたまたの道ではいつものように棒を立てて倒れた方へ。

そうつぶやいて腰をあげたとき、遠くのほうから水瓶をもった若い娘がやってきた。そして、風がくちなしの匂いといっしょにふたたびあの声をはこんできた

——若い娘に、アルキノオス王の壮麗なお屋敷はどこかと尋ね、案内してもらいなさい。前庭をとおって中に入ったら急いで大広場をぬけて、わたしの母のところへ行きなさい。

母は炉辺で火影を浴びながら柱に背をもたせて坐り貝で染めなした紫の糸を紡

いでいます。母のすぐ近くには父が酒を飲んでいますが、かまわず父の傍らをとおり抜けて母の膝におすがりなさい。

第四歌（わたくしの名は〈誰もおらぬ《ウーティス》〉という）

ジャリッ……、昼ごはんを食べているときに歯を噛みあてた。

いつだった、わたしの歯が全部はえそろったのは……。まだ歯のないころ、わたしは波の音を子守唄がわりにして眠った。潮のにおいを嗅いで目覚めた。窓から海を染める太陽を眺めたり、風が砂浜に書いた草書を読んだりした。波打際を散歩しながら木切れや貝殻、青い魚をひろった。

やがて、ちいさな歯ブラシで歯をみがくようになった。そのうち親不知が抜け落ち、抜けた歯が上の歯なら縁の下に、下の歯なら屋根のうえに——鬼歯になあーれ、って言って、ほうった。

……………………………………………………

天井から降る砂が畳やふとんや皮膚を腐らせ、少しずつ歯が抜けおちていく。潮風が、てのひらを赤く染めながら錆びた音たてて門をあける。もうすぐ歯磨きから解放され、ふたたび幸せな日々になるだろう。

家具の金具が錆び、床板が腐った。梁が腐り、棟木が折れ、屋根が無慚に落ちた。わたしは沈む夕陽を砂に赤く灼けた眼で追いながら、錆の味のする水を飲み、じゃりじゃりした飯を喰う。あたりは枯れた花と饐えた寝息にみたされている。ときどき喰う手を止めて考える——わたしはまだ夢のなかにいるのかもしれない。

からだの節々まで砂がわだかまって、わたしはしだいに着ぶくれしたように身動きできなくなってゆく。家は、はんぶん砂に埋れてしまった——かつて背丈をきざんだ黒く手ずれた柱も、ささくれた敷居も、焼けた襖や畳も……。わたしは胸のあたりまで砂に埋れ、毎日ちびた歯ブラシで歯をみがいている。

第五歌（ここでは（夕暮れに）家畜を連れ帰る牧人が声をかけると、（朝方に）家畜を牧場へ
連れ出す牧人が、それに答える）

夜中に台所で日記を付ける――わたしはそんな作業を楽しんでいる。書くことって、もしかしてただの習慣かもしれない。習慣……老いると身の回りの物事が変わるのを好まなくなることとちょっぴり似てる。朝おきて、まず顔を洗い歯を磨く、そんな手順はからだがおぼえてる……それから先の生活の順序も。

いまわたしはテーブルに屈み込んでいる――この姿勢は、老いのかたちともいえる。書くことをやめて、偶然にまかせてページを開いてみる。うっかり床にスパゲッティの麺を落としてしまったみたいに些事が何の脈絡もなくあちこちにばらまかれ、いまわたしはそれらを拾いあつめて束ねている。そう、飽きもせず屈みこんで……。

ただひとつ確かなことは、草むしりをしたり、りんごの香りを嗅いだり、揚げ茄子を食べたりしていた――かつてのわたしは、いま日記を読んでいるわたし同様、息をしていた、ということ。そして、流れていく時間のなかで澱、泥、堆積

物などが淀み、少しずつ溜まって……ゆっくり熟れてくる、ということ。

第六歌（さて亡者の群に祈って嘆願した後、羊を摑まえ穴に向けて頸を切ると、どす黒い血が流れ、世を去った亡者たちの霊が、闇の底からぞろぞろ集ってきた）

夜中に、わたしが台所の流しで額の傷を洗っていると、床下の収納スペースにつづく足もとの扉がもちあがり直角にひらく。皺しわの白い両手が穴の縁にしがみつき、やがて闇の中からせりあがるようにして老いた母がゆっくりあらわれる。——どうしたのです、あなた、ひどい怪我……。まあまあ、それにそんな床をびしょびしょにして。

お母さん、さっきから血が止まらないのです。……どれ、洗ってあげましょう。よく洗ったら、この清潔なタオルで……。ところで、もっと藁が欲しいね……、寒くなったからね、このごろ。そうそうそれから、水、かえとくれ。新鮮な水に。乾いた砂も。ビスケットが湿気っちゃってるけど、あたし残りの歯なくしてしまったから、しゃぶるのに丁度いい。
そう言うと、ふたたび母は床下へ。あ、お母さん、もう行ってしまうのですか。まだまだ夜明けまで時間がたくさんあるというのに。すると闇の中にからだを半分しずめた母がふりかえって——そうそう、蛇口をよく締めておいてね。

第七歌（セイレンたちの周りには、腐りゆく人間の白骨がうず高く積もり、骨にまつわる皮膚もしなびてゆく）

眠れないんですか……気になるんですね——枕の高さや硬さ柔かさ、毛布やシーツの感触や重さ、暑さ冷たさなんかが。そればかりじゃありません——ブラインドのパタパタ、カーテンの隙間から洩れてくる光は瞼の薄い肉を通り抜けてしまうし、緩んだ蛇口の点滴、足音などの外の騒音なんかも……。蚊なんかが部屋に侵入してきたら、もう大変。手足を滅茶苦茶にふりまわして、格闘する羽目に。それにさっきから、右に左にと寝返り打って——背泳ぎ、平泳ぎ、クロール、バタフライ……。さあ、いらっしゃい。ベッドから出て、わたしといっしょに夜の街へ。はじめ、あなたはベッドのまわりを泳ぎまわります。それから巣立ったばかりの小鳥みたいに室内をおそるおそる飛んでは休み、飛んでは休み。やがて、窓の外へ……。さあ、窓を開けて。ここはマンションの九階ですって……大丈夫。あなたは水槽から、おおきな池にながれでる魚のような気持ち……つめたい夜がまとわりつくので、あなたはからだも脱いでしまって、もっと身軽になれたら、なんて思うはず。

舟が岸辺から離れるようにして、あなたはどんどん泳いでいきます。すると、遠くの夜空を泳いでいるひとが何人かいます。みんな途方にくれたアメンボみたいに見えます――あのひとたちも眠れないんです。

そのとき、あなたは気持ちがたかぶっている反面、――もういちど戻れるんだろうか、あの部屋のあのベッドに……なんて、ちょっぴり不安になるはず。でも、大丈夫。……そうそう、たったひとつだけ気をつけてください。泳いでるときに、自分が飛んでるんだって、けっして思わないこと。意識した途端、真っ逆さまに墜落してしまいますからね。

はやくベッドから出て、……さあ、いらっしゃい。


第八歌（こういうとアテネは、杖でオデュッセウスに触れて、しなやかな肢体を蔽う肌をしなびらせ、黄金色の髪を頭から抜け落ちさせて、体中の皮膚を老いさらばえた老人の肌に変え、これまで美しく澄んでいた眼をどんよりと濁らせてしまった）

古い継ぎ接ぎだらけの衣服、黴臭くて酸っぱいにおいは書淫にふけるひとばかりじゃない、本だって齢をとる。虫に喰われ、日に焼け、色褪せ、破れ、壊れ、凹凸、染み、皺……そこが電子書籍とは違うところ。

本は手でさわれ、においを嗅げる。ちょうどいい重さ、厚さ、てのひらにおさまるサイズ。ざらざらした触感。ページをめくる仕草、微かな音。撫でたり、摩ったり、透かして見たり、嗅いだり……。

たとえば、この本――下巻の奥付は一九九四年。百三十四ページ目、《犬のアルゴスは、二十年ぶりにオデュッセウスに再会すると直ぐに、黒き死の運命の手に捕えられてしまった》に傍線……はじめてこの本を読んだとき、わたしは庭の金柑の木の下に犬を埋めた。

翌年、金色に光るちいさな果実がたくさん実った。果皮の香りとすっぱい味がよみがえる。……ねむい。眼を閉じると、風がページをはたはたとめくるように日々がわたしを通りすぎていく——あの日、わたしは束ねそこねた声やことばをひろいあつめながら、舌のように薄くなって本のページのあいだにはさみこまれた。

第九歌（客人よ、わたしがそなたに先ず第一に訊ねたいのは、そなたは何者で、何処から来られたのか）

闇から現れたというより、闇が煮凍りだんだん澄んで透明になったような……いろんな色が混ざりあった黒が透明な色に濾過されたような顔。はじめて会ったような、前にもなんどか出会ったような顔。

きょう何曜日だっけ……そう思って見あげるが、壁にかけたはずのカレンダーが床に落ちている——漆喰壁を模した壁紙の凹凸の手触りに薄い青の静脈の網目がひろがっている壁には、全体に日焼けと埃がうっすら灰色に塗られ、そこには確かにカレンダーのあった証拠のように残ってるみたいな顔。

真夜中、ザーザー引っ掻く音。目を開けるとテレビから床に零れ落ちている青い砂に気が付いて、あわててテレビのスイッチを押し、砂嵐を消したことがあったな。あのときの昏い画面に映っていた顔。夜中に冷蔵庫の中身を漁っていて、冷たい光を浴びた顔。パソコンで文章を打っている途中で指が凍りついて止まると、はじめ画面の文字のタトゥーに隠されていたものの、やがて現れた顔。

運転免許書やパスポートの写真、指名手配の写真やデスマスクに似た顔。仏陀の微笑みにもみえるし、痴呆のようにもみえる、水の中で眼を閉じてるみたいな顔。石化しているというより、いま生まれたばかりの顔。……やがて、ここから笑ったり怒ったり泣いたりする表情があらわれる、そんな顔。

第十歌（知謀に富むオデュッセウスは、大弓を手に取って点検し、すっかり調べ終ると、さながら竪琴と歌に堪能な男が、よく綯い合せた腸線《ガット》を両方にひき伸ばし、新しい糸巻《ペッグ》に苦もなく弦を張る如く、オデュッセウスは事もなげに大弓を張り、右手で弾いて弦を試みると、弦はその指の下で燕の声にも似た響きを立てて、美しく鳴る）

走る車に衝突した鳥が、フロントガラスに血と羽毛を捺印する。

第十一歌（婆やよ、凶事《まがごと》を祓うには良薬であるという硫黄を持って来てくれ、それに火もな）

惨劇は終わった。

ちいさな物音を聞いて、ページの欄外に目をやると——釣道具箱みたいに整頓された真夜中の台所で、冷蔵庫に留められたたくさんのメモが赤い象のかたちの磁石といっしょに落ちた。床に散らばったのは——〈東村山市中央図書館から『西瓜糖の日々』のリクエストが届いた〉、〈自転車、金曜日に駅前のサイクルショップ。ハンドロックの点検・修理〉、〈水曜日午前10時30分に富士見歯科医院〉、洗濯屋の領収書、〈いちじくと生ハムのサラダレシピ〉、耳鼻科医院への道順の略図。

さいわいマグネット付きキッチンタイマーは無事。水面に飛びあがった魚がつくった波紋が、やがてもとの無表情にもどる……そんな身振りを誰も見ていない。明るくて清潔な場所で、バターケースもたわしも胡椒入れもポテトカッターもいつもと同じ位置で身動きひとつしない。みな沈黙を守っている。

第十二歌（さて二人は、心ゆくばかり快い愛の交りを楽しむと、今度は互いに身の上を物語りつつ、語らいを楽しんだ）

オデュッセウス、わたしの胸の内をお話しましょう――わたしに求婚する凶暴な男たちが、堅固な屋敷に忍んできた日々の数々を。

求婚者たちは牛に羊、脂の乗った山羊を屠っては宴楽に耽り、浴びるが如く酒を飲むという振舞い。わたしは彼らに〈喪服を織りあげるまで結婚をお待ち願いたい〉と頼み、昼は薄手のおおきな布を織り、夜は松明を傍らに置いてほどいていました。そのあいだ彼らにお屋敷の食糧や財産がどんどん食い潰されていきます。

そんなわたしの苦労を、眼光輝くアテネが甘い眠りを瞼に投げかけ、わずかに癒して下さいました。蓮の実を食べたような夢うつつのなか、わたしは姿形を変えます——あるときは髪美わしき仙女カリュプソーに……まわりには榛《はん》の木やポプラ、香り高い糸杉などが青々と繁るおおきな洞窟、わたしはそこでも機で布を織っていました。

あるときは清冽な水が滾々と水底から湧き出ている河の縁で腕《かいな》の白い乙女ナウシカアに。あるときは山間の見晴しのよい場所に建つ磨き上げられた見事なお屋敷で魔女キルケになって、そこでもおおきな不壊の機で布地を織りながら……オデュッセウス、わたしはあなたの部下たちを豚に変えました。

それから、わたしは冥界であなたの高貴の母上に、そして海原でセイレンたちになって蜜のような甘い声で歌いあなたを魅惑し、〈さまよう岩〉となって行く手を遮りました。それでも機略縦横の智将オデュッセウス、あなたは無事に航海をつづけることができました。

さて、こうしてあなたは無事に帰国し、いま大地に根を張ったオリーヴの樹を伐り造った寝台でわたしたちは愛しあい語りあっています。でも、わたしは知っています――やがて、あなたが故郷を捨ててふたたび出帆してしまうことを。

第十三歌（知略に富むオデュッセウスよ、今は手を引き仮借なき戦いの争いをやめよ）

本を読む……背中を丸め、覚束ない明かりのもと、顔に皺が刻まれ、だんだん腰の曲がり具合が深くなっていく。本を閉じたあとも、ものがたりが本のまわりに残り香のように、しばらく未練がましく漂っていたが、やがて立ち上ってくる世界にわたしは帰っていく。

本を読む……喫茶店で、本を読む。レストランでまずメニューを見て注文がすんだあと、料理が運ばれてくるまでのわずかなあいだ、本を読む。バス停で〈待つ〉という〈間〉の楽しみを忘れ、わずかな時間を固い椅子で、本を読む。鳥の歌、木の葉のそよぎ、澄んだ空気といっしょに公園のベンチで、本を読む。

風呂の湯ぶねで、本を読む。ベッドで、本を読む。……坐る姿勢と、寝っころがって読む本は違う。安らぎと静謐のあいだで、本を開いたり閉じたり——まるで瞬きするみたいに、ドアを開けたり閉めたりする。

本を閉じたあと、登場人物たちはいったい何処に行ってしまうんだろう——機略縦横なるオデュッセウスは、聡明なるペネロペイアは、聡明なるテレマコスは、その名も高きメネラオスは、麗しの女神カリュプソは、大地を揺する黒髪の神ポセイダオンは、姿形が女神に似た乙女ナウシカアは……。

†

窓の外の埃っぽい喧騒が静まるころ、饒舌がやんだ。

風は、ページのあいだから飛び立つ鷗を思案顔で見送ったり、老乳母が金盥をひっくりかえして立てた物音に首を傾げたものの、あっというまに読み飛ばした言葉のあいだに〈オデュッセウスは、なぜ魚を食べないんだろう〉といった書き込みや、コーヒーを零した跡の染み、栞がわりにページに差し込んだマティス展のチケット……。

それにしても、遅い。でも、手紙を待ちわびるように椅子が、そのひとを待つ時間なんて、戦争が終わって英雄が国に帰還するまでの長い航海に較べれば、所詮しれたもの。……テーブルの表面にしろく捺印したコーヒーカップのまるい湯気のあとが消えないうちに三千年が過ぎた。

＊（　）内は、ホメロス『オデュッセイア』（松平千秋訳）より。

ウィリアム・シェイクスピアのための10の歌

a　ハクション　ハムレットの歌

おれがいくらオフィーリアに《尼寺へ行け、尼寺へ》って言ったって、ハクション
ガートルードに《心弱きもの、おまえの名は女》って言ったって、ハクション
カウンセリングに行ったらって　やり返されるのがオチ。
まるでまわりじゅう胡椒をふりまいたみたいに　口から唾や痰　鼻から鼻水　目から涙。

筋肉痛　嘔吐　下痢　発熱　倦怠感。
泣きはらしたような赤い目をしたおれが
《なにを言う、このおれはたとえクルミの殻に閉じこめられようと　無限の宇宙
　を支配する王者と思いこめる男だ》って
いまさら見得を切ったところで　まるで恰好がつかない。ハクション

炎症をおこした肺と　腫れた喉から洩れる鼻づまりの声じゃあ、
《生きるべきか、死ぬべきか、それが問題だ》の名文句も台無し。
幕が開いてすぐ　おれを見たお客が《あの子は汗かきでもう息を切らせている》
　って言うけど
第五幕第二場の剣の試合のシーンは　まだまだ先だぜ。ハクション
いまおれが手にしてる台本『ハムレット』の悲劇だって、ハクション

毎朝、テーブルでひろげる新聞のコーヒーとパンの香りに薄まった《ことば、ことば、ことば》。
ハクション　ハムレット、稽古場で風邪のウイルスまきちらし
役者たち　ドミノ倒しよろしく　本番でバタバタと。

そういえば　登場人物がつぎつぎに死んでいくのって、ハクション
シェイクスピアのお芝居だって　おんなじ……。
《死んだってなんにも楽しいことねえぜ　うち降る雨風身にしみるだけだぜ》
墓掘りの道化の歌こそ　真実。

だから大丈夫、たとえいま　おれたちが芝居をできなくたって、ハクション
シェイクスピアの《ことば　ことば　ことば》は　時と場所をこえ、
ほかの役者たちの声とからだを借りて　いつまでも生きつづけていくんだから、
まるでウイルスみたいに、ね。

＊《　》内は、小田島雄志訳（以下同じ）『ハムレット』より。

b　蛙の護衛たちの会話

ねむいね。
ああ　ねむいね。
ねむろうか。
いけないんだ、ねむっちゃ。
じゃあ　しゃべろう。
いけないんだ、しゃべっちゃ。
じゃあ　こもりうた　うたってやろうか。
こもりうた……。

ああ　こもりうた……きいたことないのか　ははおやから。
きいたことない。だって　たまごから　うまれたんだからな……おれ　ははおや、
しらないし。

ちょっと　かんがえたんだけど……つらいだろうな、じぶんが　ねむいのにこも
りうた　うたうのって。
いけないいんだ、かんがえちゃ。
ちょっと……だよ。
ちょっとでも　いけないいんだ。
だって　むりだよ……なんにも　かんがえないなんて。
シイッ。
なあ　しってるか。
シイッ……って　いってるだろ。
じゃあ　その〈シイッ〉より　ちいさな声だったら　いいだろ……風のおとより

もっとちいさな。……ところで、

ところで、……なんだ。
なんだって……。
さっき　しゃべりかけたろ、なんか。
ああ　わすれた。
わすれたって……おもいだせよ、気になるだろ。
だって　かんがえちゃいけないんだろ。

…………………………

なに　ぶつぶついってんだい。
ちょっと……脈をとってね。……こうやって　かぞえてると　おちつくんだ……
　なんにも　かんがえなくてすむから。
いつまで　かぞえるつもりなんだ、いったい。

さあ……この心臓にきいてくれ。
さむいのかい、さっきから　ふるえてるね。
ああ　さむい……。
さむいっていうのも　あんがい　いいもんかもしれない。だって　さむいって、生
　きてるってことだろ。
ああ……だけど　いまここでおれが生きてるってこと　おまえさんにわかるかい。
さっきから　しゃべってるからな、そこでずっと。
じゃあ　もしおれがしゃべるのをやめてしまったら　いったい　どうやって　た
　しかめたらいいんだ、いまおれがここで生きてるんだってことを。
つねってみろよ、頰っぺたをギュッて……。
なにも　かんじないぜ。
バカ、おれのじゃなく　じぶんの頰っぺた　つねるんだよ。
なあ　きんぬき鶏のおはなし、ききたいか。

ききたい。
ききたい、と　こたえてくれって　たのんだわけじゃない。ただ　きんぬき鶏の
　おはなし、ききたいかって　たずねただけだ。
ききたくない。
ききたくない、と　こたえてくれって　たのんだわけじゃない。ただ　きんぬき
　鶏のおはなし、ききたいかって　たずねただけだ。
…………
だまってるって　たのんだわけじゃない。ただ　きんぬき鶏のおはなし、ききた
　いかって　たずねただけだ。
いつまでつづけるんだい　いったい。
いつまでつづけるんだい　いったい、と　こたえてくれって　たのんだわけじゃ
ない。ただ　きんぬき鶏のおはなし、ききたいかって　たずねただけだ。
もう　やめよう……いらいらする。
もう　やめよう……いらいらする、と　こたえてくれって　たのんだわけじゃな

い。ただ　きんぬき鶏のおはなし、ききたいかって　たずねただけだ。

…………

いま　おならしなかったか、おまえ……。
おれじゃない。……おうさまじゃないのか。
おうさまって　おならするのか。
するだろ　おうさまだって。
あ、このにおい……ごめん　おれだった。
においでわかるのものなのか、おならって。
それにしても　しずかだな。おうさま　まるでいないみたいじゃないか。
ねむってるんだよ。
ところで背中、かゆくないか。
背中……。
ああ　背中、かゆくないか。

かゆいのか……かいてやろうか。
いや　いい。たしかめられるし――いま　ここでおれが生きてるんだって。
…………
なあ　おうさまだってあかちゃんのとき　あっただろうな。
ああ　あっただろうな。
あかちゃんのとき　ないただろうな。
ああ　ないただろうな。
おうさまだって　息してるよな。
ああ　息してる、おれたちとおんなじように。
息して　ねむってるのか、おれたちも。
ねむってないだろ、しゃべってるんだから　おれたち。
じゃあ　しんでるのか。
しんでないよ　おれたち。
だって　さっき　じぶんでくすぐってみたら、ちっとも　くすぐったくなかったよ。
ほんとか。……あ、ほんとだ。

さっき　おまえの腹　なったよ。
しかたがないだろ、腹へってるんだから。
おれたち　おならをしたり　ねむかったり　腹へったり　息をしたり　しゃべったりしてるけど……おうさま　本当は死んでるんじゃないのか。
ねむってるだけだよ　ただ。
ちょっと　くすぐってこようか。
やめろよ、もしおこしたりしたら　おれたち　首　はねられちゃうから。

…………
ねむいね。
ああ　ねむいね。
ねむろうか。

いけないんだ　ねむっちゃ。

†

スコットランドの将軍マクベスは、自分の城に泊まりに来たダンカン王の暗殺を妻といっしょに計画。夫人が王の寝室のふたりの護衛に酒を飲ませ、正体不明になっている隙にマクベスが王を殺害。酔いつぶれて眠りこけた護衛たちの短剣に血を塗りたくって、罪をなすりつける。

『マクベス』は比較的みじかいお芝居だが、《いいは悪いで悪いはいい》《もう眠りはない、マクベスは眠りを殺した》《まだ血の臭いがする。アラビアじゅうの香料をふりかけてもこの小さな手の臭いは消えはしまい》など、名言がいっぱい。たったいちどだけ登場する門番でさえ、《酒ってやつは、旦那、三つのことをそそのかすでしょう》《(三つのものとは)赤っ鼻に、眠気に、小便でさあ。色気のほうは、旦那、そそのかしておいてそいつをのかしちまうんで》。そして、《深酒は色気に二枚舌をつかうってわけです》と名台詞。

さて、可哀想な護衛たち、『マクベス』の芝居にはマクベス夫婦の会話のなかに出て来るだけで舞台にはいっさい登場しない。わたしは名前もあたえられていないふたりの運命をなんとか観客に思い出してもらいたくて、護衛たちの台詞を書いてみた（そういえば、マクベス夫人にも名前がなかったな）。
なお、「かんぬき鶏」の話はマルケス『百年の孤独』から借りた。またこの作品のふたりの登場人物は、草野心平の「秋の夜の会話」の蛙たちに演じてもらった。

c　（みんな　あつまったか）

みんな　あつまったか。
よろしい。おれがよんだら、へんじ　してくれよ。
耳もとで誰かが　ぶつぶつ。

機屋のコショウ入れ　大工のタワシ　指物師のバナナスタンド　ふいごなおしの
　マッシャー　鋳掛屋のポテトカッター　仕立屋のトングたちが、
世にも悲しき喜劇『ピラマスとシスビーの世にもむごたらしき最期』の
立ち稽古の真っ最中。

なるほど、真夜中の台所は稽古場にはもってこいの場所
テーブルが舞台、調理場が楽屋ってわけだ。
すると　コショウ入れのボトムが
あいつは誰だ
あの大酒くらって　テーブルに突っ伏してる
放蕩と詐欺と情欲の脂肉のかたまりは……。
それから　てんやわんやの大騒ぎ。

……………………………………………………

くたばりやがれ、おそまつなホームパンども。
なに騒いでやがるんだ。
わたしが悪態をつきながら　薄目をあけた途端、
揺れるテーブルから落っこちてしまう、
タワシやバナナスタンド　マッシャーやポテトカッターたちと一緒に、ね。

†

最近、ぼくの身のまわりから消えてっちゃうんだよな。バターナイフ、マグカップ、爪切り、ホチキス、はさみ、眼鏡、財布だって、ぼくが見てないところで勝手に動きまわったりして……近くに、悪戯好きの妖精パックがいるんじゃないの。

さっきだって冷蔵庫が唸るんで、よく見ると〈シイタケのコンソメスープ、はやく温めて食べちゃって下さい〉ってメモが赤いライオンの磁石で留められてた。扉を開け、顔をなでる冷たい光を感じながら中身を点検——食べ残しのチキン、賞味期限の切れたヨーグルト、瓶の底にわずかに溜まったドレッシング、絞りつくしたマヨネーズのチューブ……ない、シイタケのコンソメスープがない。

この世界からいろんなものが消えてっちゃうんだ、つぎつぎに――フライパンもしゃもじも椅子もピアノも窓も自動車も歩道橋も市役所も、なにもかもみんな……。

＊『ピラマスとシスビーの世にもむごたらしき最期』は、『夏の夜の夢』より。

d　学校

夏の匂いがたちのぼる静かな校庭に
キリッと引かれた消石灰の白い直線がきらいだ。
ボールが打ちあげられた青空がきらいだ。

鉄棒の尻上りで蹴りあげた青空はいい。
あかるい百葉箱がきらいだ。
くらい靴箱はいい。
光がゆれる夏のプールがきらいだ。
枯葉の舞う水のないプールはいい。
木造校舎の教室の壁に画鋲で留められた習字や絵画がきらいだ。
美術室の石膏像のうえに溜まった埃はいい。
薬品の臭いのただよう理科室のきれいに洗われた試験管がきらいだ。
人体模型や骨の標本はいい。
音楽室の壁にかかっている幽霊みたいな肖像画がきらいだ。
シューベルトの『魔王』の旋律はいい。
チャイムの音がきらいだ。
給食の匂いがきらいだ。
先生が黒板にチョークで引っ掻く音がきらいだ。

黒板拭きで消したとき　目の前にあらわれる星雲はいい。

†

『お気に召すまま』の芝居では、公爵を相手に皮肉屋の貴族ジェイクィズの人生談義――《この世界すべてが一つの舞台、人はみな男も女も役者にすぎない》の台詞のあと《それぞれに登場があり、退場がある、出場がくれば一人一人が様々な役を演じる》と続く。そして、《その幕は七つの時代から成っている》。《第一幕は赤ん坊》……と、シェイクスピアは人生を七幕に区切っている。

小石や空缶を蹴りながら、わたしはいつものように学校へ。途中、みちばたの草花や虫、瓶の蓋や鳥の羽根、ときには蛙の死骸など、ひとつひとつに心ときめかせながら歩いている。軽快な足どり。……いまにも踊り出しそう。

夢のなかで、わたしは第二幕の《泣き虫の小学生》を演じている。二幕のあと、三幕では恋する男が夢遊病の足どりで、四幕では軍人が行進で、五幕では裁判官がまるで巡礼のような歩行で、六幕では耄碌じじいがヨタヨタと登場。わたしはいま、第六幕の終わりにいる。……もうすぐ老人が退場し、最後の幕切れ、《歯も無く、目も無く、味も無く、何も無し》の《二度目の赤ん坊》に……こうしてライフステージは円環になって、めぐる。

さてシェイクスピア、わたし同様に学校が嫌いなのか、第二幕に登場した小学生、《輝く朝日を顔に受け、足取りはカタツムリ、いやいやながら学校へ》。わたしも夢のなかでいつも学校が近づくにつれ、だんだん重力を感じ、坂道でもないのに足もランドセルも重くなる。

きょうも遅刻。いつもだったらこの夢、学校の門のところまでで終わるはず。ところが今夜、続編が……。朝、家を出てからずいぶん時間が経ってしまったのか、門をくぐると、目の前には廃墟になった学校が。靴をもったまま裸足になって校舎に入り、まるで地雷を踏むのを怖れるかのように息を殺しギシギシ鳴る廊下を急ぎ足で歩いているわたしは、いつのまにかいつもの千鳥足に戻っている。

教室はいやに暗い。狭い室内には埃が雪のように積もったちいさな机や椅子が並んでいる。席はまばら……しょぼい犬バセット・ハウンドに似たいつも煙草のにおいのする先生はもう、出席簿を読みあげている。わたしは忍び足で着席。だんだん目が暗がりに慣れてくると、影だとおもっていたのが、髪も歯も抜け落ち、口もとの歯茎も萎み、くたびれ果てた灰色の襤褸みたいな老人たちだとわかる。なぜかいまも四十代のままの先生に名前を読み上げられると、まるでスポットライトを当てられたかのようにビクッと顔をあげ、カッと目をひらく。そして、みんな椅子に縛られたマリオネットみたいにギクシャクと動きだす。

発条仕掛けみたいに飛び上がり、からだを硬直させたまま敬礼する老人。目覚めた途端、やみくもに木槌を机に振り下ろす老人。アンティーク人形を抱いている老婆にスミレの花を差し出す老人。名前を呼ばれて目覚めた老人たちは席に着いたまま次々に――スマホをいじったり、洗濯物をたたんだり、箸を使ってものを食べたり……からだが記憶している仕草で道具がないままにそれぞれが黙劇を演じている。

欠席してるひとも多い。わたしの名前はまだだ。……それにしても先生が読みあげる名前に応えているのは、生きてるひとなんだろうか、それとも死んだひとなんだろうか。

e　しゃっくり　シャイロックの歌

しゃっきんとり　シャイロック、
しゃっくり　とまらない。
ヒック　ヒック　ヒック……
おい、ひゃくしょう　ひゃくまんえんかえせ。

ふとっちょフォールスタットの脂身も
ジュリエットの白い胸のふくらみも
シャーロック・ホームズも　尺取虫も　商人も、
肉一ポンドは一ポンド。ヒック

だったら　おまえの五臓六腑をよこせ。
おれの四肢五体は　もうポンコツだから。 ヒック
おれの身から出るのは　錆ばかりじゃない
口から溜息　悪態、目から火が出りゃ　鱗も落ちる。

すぐ血がのぼる頭なら　冷やしてからにしてくれ。
顔は貸すんじゃない、よこすんだ。 ヒック
風を切る肩を、熱くなる胸をよこせ。
まわらない首なんかいらない。

黒い腹なんかいらない　冷やした肝も。
弱くて重い腰なんかいらない　折れやすい話の腰も。
毛の生えた心臓だっていい　茶を沸かす臍だっていい

立てば芍薬　笑う膝だっていい　しゃぶれる骨だっていい。ヒック

一物や借物　おさまらない虫のいる腹はいらない。
言葉尻はいらない　火がついたり　帆を掛けたりする尻も。
火のついた足はいらない　擂粉木になった手足も。
汚れた手は洗ってからよこせ。ヒック

背中をよこせ、立派な背中を。
背に腹はかえられぬっていうけど、
生と死　運不運は背中あわせ。ヒック
子は親の背中を見て育つっていうだろ。

シャイロック　四肢五体ひったくり。ヒック　ヒック
すっかり五臓六腑とりかえて　鏡みて、びっくり。

おれ、誰。ひっくりかえって、手足ばたばた……
おい、ひゃくしょう　しゃっくりかえせ。

f　馬に乗った丹下左膳

月明かりの下　河原に影が蹲っている。
わたしが近寄っていくと　影からむっくり起き上がったのは
丹下左膳――ぶるぶるからだを震わせ、アハハ、アッハッハッハー
《このおれが、不格好にびっこを引き引き
そばを通るのを見かければ、犬も吠えかかる。
そういうおれだ、のどかな笛の音に酔いしれる
この頼りない平和な時世に、どんな楽しみがある。
日向ぼっこをしながら、おのれの影法師相手に

その不様な姿を即興の歌にして口ずさむしかあるまい。
おれは色男となって、美辞麗句がもてはやされる
この世のなかを楽しく泳ぎまわることなどできはせぬ、
となれば、心を決めたぞ、おれは悪党となって、
この世のなかのむなしい楽しみを憎んでやる》
あたりにただよう墨絵のような明かりに、陰影が
髑髏のように浮かび、血　血　血……人ヲ斬ロウ　人ヲ斬ロウ。
やすりで骨を挽くような声があたりに響く。
俺ガ捜シテイルノハ百万両ノ壺〈こけ猿〉デハナイ。
俺ヲ父ト慕ウ〈チョビ安〉デハナイ。
物語ニ咲キ誇ル海棠〈弥生〉デハナイ。
俺ガ探シテイルノハ……。
名刀〈濡れつばめ〉が羽ばたき、
枯れ松のような片腕で袈裟懸け——右肩から斜め一文字。

のこり半分の自分がいるはずの側を……斬る。

†

たわいない詩を書き散らした翌朝、目を覚ましたとき、左腕が痺れていた。やれやれ……わたしは重い腕を洗面所まで運ぶ。すると床に影が蹲っていた。なんだ、コートじゃないか。ゆうべ壁にかけたはずの……夜な夜なきみは草の種や色違いのボタンを付けてきたりして、からだじゅう酒のにおいがぷんぷん。そのうえタバコの焦げ跡まで。そして今、きみはまっぷたつ。敵討ちにでも行って返り討ちにあったのかい。……わたしが眠っているあいだに。

そんなことを呟いてから、いつものように顔を洗う――こんどは右手だけで。ふと鏡を見ると、顔の左側にくっきりと爪痕……いつ付けたんだろう。〈目が三つに足が六本、手が一本。なあーに〉。なにげない日々の中にも、なぞなぞがいっぱい。

＊《　》内は『リチャード三世』より。

g（ところでだな　年老いた酒樽の大将）

ところでだな　年老いた酒樽の大将
巨漢の騎士サー・ジョン・フォールスタッフ、
おまえさんは台所の片隅　いまは生ごみ入れのドラム缶。
太鼓腹には——真実、誠実、正直なんかが入る余地なんてあるものか、
びっしり詰め込まれたのは　魚のはらわた、野菜屑、脂身のヌルヌル。

なにぬかす、いつも人の褌で相撲を取ってる　シェイクスピア気取りのヘボ詩人。
　小便ちびりの悪党め、
おまえだって　苦労と溜息で膀胱のようにふくれあがった糞野郎だ。
それから、おれが尻ふいた紙に顔ちかづけてる　兄弟——

おまえだよ　おまえ、いま本から顔あげて　キョロキョロしてるミーアキャット
……
おまえなんか　尻が鳴らないうちから屁以下みたいなもんだ、この偽善者の梅毒野郎。

なにを、脂ぎった大樽。夜中にうっかり蓋をしめわすれたりすると　強烈な口臭といっしょに悪態　大法螺　大いびき……。
くたばりやがれ、臓物のつまった鎧兜。気をつけろよ、
目を覚ますと　中身はからっぽ（そういえば今朝　生ごみの日だった）、
缶切りで鎧あけられ　ぜんぶ喰われちまった――なんてことのないようにな。

おじさん、最近おじさん　引綱を引く力がめっきり弱くなったね。
たまには　いつもの散歩コースから外れて、脇道にはいってみようよ。
ちいさな冒険　してみようよ。
浄水所の木々のなかで　鶯の声を聞いたり、
デンと立ってる赤い丸型ポストを見て　懐かしいひとに出会ったようだったり、
坂道をのぼると　金木犀の匂いに包みこまれ、
よみがえりそうになった記憶が　釣りそこなった魚みたいに水のなかにもぐってしまったり……。

寒いのかい。しょっちゅう両のてのひらをあわせ　まるでお祈りしてるみたい。
おっと　おじさん、手をはなしちゃ駄目だよ
引綱は　宇宙船とつながる臍の緒。気をつけないと　宇宙に投げ出されちゃうから……。
もしかして　足より先に手から駄目になるのかもしれないね。

もし散歩の途中で　靴紐がほどけたりしたら、おじさん結び輪むすべないだろう。
……文章を書くときだって、字が　ぐじゃぐじゃだし。

おじさん、おじさんさっき　橋のうえで帽子をさらわれたとき
《風よ、吹け、きさまの頬を吹き破るまで吹きまくれ！
雨よ、降れ、滝となり、龍巻きとなり、そびえ立つ
塔も、風見の鶏も、溺らせるまで降りかかれ！》って、
おじさんの白髪につかみかかる風にむかって　叫んでたよね。
ちょっとしたハプニングは　人生の醍醐味。
それにしても　いきなり天候が崩れるのって、干しておいた洗濯物がびしょびしょになるのって
これまでのおじさんの人生と　まるっきりおんなじ。
おじさん、おじさんってば。なんだい――モウ、オ家ニ帰リタイって。

ここは　家の中なんだから。風や雨なんか大丈夫だから。

＊《　》内は、『リア王』より。

i　（わたしは窓辺で　ひととき何もかも忘れて）

わたしは窓辺で　ひととき何もかも忘れて、
ゆっくり通りすぎていく雲を　ぼんやり眺めていた……
いつものように空が　白から灰に　朱色から黒に　と　包帯のように薄汚れていくと、
いつのまにか窓ガラスが鏡に変わる。わたしはわたしの前に立ってる　半分すきとおったひとを見ながら、
……わたしとは別の人生を歩んできた　わたしがいる、なんて思った。

《あのとき、二艘の船があとわずかというところで、
私たちの目の前に巨大な巌が迫り、
その上にはげしくのしあげられ、
頼みのマストはなかほどからまっぷたつ》

そのひとも　きょう、口をあけていないシジミをお椀のなかで見つけたり、
紙パックの三角屋根がうまく剝けなくて　ギザギザの口から紙っぽい味の牛乳を
　飲んだり、
ソファーの下からスリッパのかたわれを見つけたりしたんだろうか。
そのひとも　きょう、ボールいっぱいの苺のへたを取って　苺ジャムを作り、
そんなささやかな行為のために生きてきた……いままで、
なんて思ったりしたんだろうか。

やがて、皿のうえの皮を剝いたリンゴが
白から黄　茶色から黒に変わる。
わたしはいつものようにベッドで眼を閉じて　ふたたび眠りのなかへ。
…………………
《この広い世界に対して、おれは一滴の水だ、
大海原にもう一滴の仲間を捜し求めて
飛びこんだはいいが、人には知られず、
人のありかを知りたいと願ううちに、形を失うのだ》

＊《　》内は、『間違いの喜劇』より。

j　椅子

シェイクスピアの本を　ポケットに突っ込んで
いろんなところで読んできたな　これまで――
電車やバスの車内
喫茶店やレストランの椅子
公園のベンチや階段の途中に座って……。
芝居の稽古では　たくさんの椅子のうちのひとつに座って読みあわせ。
じっと椅子に座って自分の番がくるのを待ってる
（眠ってると　いきなりスポットライトが当って
目覚めさせられ　あわてて台詞をしゃべる）。

《この世界はすべてこれ一つの舞台、人間は男女を問わずすべてこれ役者にすぎぬ》
台本の文字が声に変わり　からだに吸収されたことばは
わたしの暮らしのなか　いきなり飛び出す――藪のなかの兎みたいに。

普段着のままソファーで眠ってしまい、しくしく泣きながら夜中に目醒めたとき、
洗面所でコップの水を飲んでいると
鏡のむこうの腫れぼったい顔が　わたしに向かってこうつぶやく。
《人間、生まれてくるとき泣くのはな、この阿呆どもの舞台に引き出されたのが
　悲しいからだ》。

翌朝　洗面所の縁に両手をつき、道化の顔を観察――すると息に曇る鏡の霧のむ
　こう
《ここが私の旅路の果てだ》、
玄関に差し込まれていた夕刊をつよくひっぱって破いてしまったとき
《悲しみは独りではこない、必ず連れを伴ってくる》という予言どおり
そのあと――眼鏡を踏んづけたり　トイレットペーパーが切れていたり　気に入
　っていた紅茶茶碗のへりを欠いてしまったり　浴槽からあふれでる水を見てあ
わてて蛇口をしめたり……。

郵便受けには、訃報の手紙
《不幸というものは、耐える力が弱いと見てとると、そこに重くのしかかる》。
ときには　ささやかな幸せがまいこむことがあるが……
小包の紐の結び目が固くてなかなか解けなかったときには
《ああ、人の世の、なんとうつろいやすいことか》なんて嘆いたりするが、
かたわれが行方不明だったスリッパをソファーの下で見つけたり、
あたらしい靴下を履いたときに思わず
《ああ、すばらしい新世界だわ》なんて。

ときどき思うんだ――わたしのなかに　いくつかの椅子が置かれていて
そこに座ると　まるで馴染の理髪店の客が話をしたがるみたいに
登場人物たちが　わたしに向かって語りかけるんじゃないかって。
わたしはこれまで　さまざまな人物を演じてきた

帽子屋で　とっかえひっかえ帽子を頭にのっけるみたいにして……。
それじゃあ、わたしはいったい誰なんだ
椅子に座り、ノート・パソコンにむかって「椅子」という作品を書いてるわたしは。

キーを打つ指が凍りついて　フリーズしてしまうと
わたしは台詞を忘れて　舞台に立ちすくむ。
いつのまにか照明が落ちるように　目の前が暗い鏡に変わると
画面のむこうの椅子に　見知らぬひとの影……。
《われわれ人間は夢と同じもので織りなされている》。

＊《　》内は、『お気に召すまま』、『リア王』、『ペリクリーズ』、『リチャード二世』、『コリオレーナス』、『テンペスト』より。

レシピのほかに必要な、もう一冊の本

1　レシピのほかに必要な、もう一冊の本

孤島にもっていく一冊の本、あなただったら……、難しい。でも、キッチンにもっていく本だったら、もちろんレシピ。それから、もう一冊は……もっとも、料理の種類によって違ってくるけど。たとえば、ビーフシチューをつくるときなんかは、ぼくだったら『スローターハウス5』を選ぶね——著者はカート・ヴォネガット・ジュニア。SF小説。

なんでこの本を選んだのか、って。まず、洋食。おなじテーブルのうえに味噌

汁とクロワッサンがあるって、ヘンだろ。そうかといって、あんまり同じじゃつまらない。ビーフシチューに莢いんげんを添えるような取り合わせの妙が必要。そのつぎに、本の方があまりおいしそうな匂いがしないこと。

この本、こってりした内容なのに文章が透明で、あまり胃が重たくならないのがいい。ぼくの料理の腕前じゃあ、名文家の味に敵うわけないからね。……でもね、この本、題名どおりビーフシチューと関係のある食肉処理所（スローターハウス）が舞台なんだけど、作品にはときどき酔っ払いの息だとか腐乱死体の《芥子ガスとバラのにおい》が漂うのには、ちょっと閉口……。

それから、ストーリーが順番に進むんじゃないから、ページを適当に開いたり閉じたりしたっていいってこと。だって《けいれん的時間旅行者》のこの主人公——ビリー・ピルグリム、《老いぼれた男やもめになって眠りにおち、自分の結婚式当日に目覚めた。あるドアから一九五五年にはいり、一九四一年、べつのドアから歩みでた。そのドアをふたたび通りぬけると、そこは一九六三年だった。自分の誕生と死を何回見たかわからない》んだから、いかれてる。

まるで坊主めくりみたいなこの《偶然の気まぐれ》、『スローターハウス5』では小説のテーマである〈戦争〉と深く響きあう。でも、〈戦争〉と平和なときの〈生活〉って、じつは地続き。……戦争中だって、歯を磨く。小便もすりゃ、耳垢をかっぽじく。古い着物からもんぺを仕立て、お手玉の豆でお汁粉をつくり、防空頭巾の裏に赤いリボンを縫い込んだり。腹が減れば、蝗にバッタ、蛙やへびを喰えばいい。いつタマネギを炒める音が行進してくる軍靴に変わるかもしれない。知らないうちに鍋はヘルメットに、釜は鉄砲や弾薬に変わるかもしれない……《そういうものだ》。

料理をするとき、動かすのは口じゃない、……手だよ。

はじめに断わっておくけど、先にレシピをひらくこと……じゃないと、料理がお預けになってしまうから。

はじめに材料をそろえ、下ごしらえをしておくこと……これが大切——文章を書くときと、ちょっぴり似てる(調べた資料をメモし、思いついたらまたメモし、それから書きはじめる、といったようにね)。

まず、牛肉――なんといってもこれが今日の主役。すね肉かバラ肉をはじめにワンカップの赤ワインに漬けておくこと。できれば一晩、できるだけ長い時間(ここもまた文章を書くことと似てる――なるべく寝かせておいて、熟してくるのを待つ……)。

それから、名脇役の登場――トマト、にんじん、タマネギ、大蒜、じゃがいも、莢いんげん……と、カタカナ、ひらがな、漢字がつづく。つぎにカタカナのセロリ、パセリ、ローリエと、歯ごたえのいいリズムと瑞々しい調べ。一口に〈野菜〉っていうけど、パセリは茎だし、セロリは葉っぱ。土の中のにんじんと、木に実り燦々と陽を浴びるトマトなど、バラエティーは豊か。

ひとつ共通するのは、みんな土に根をはってるってこと……故郷があるってこと。トマトはアンデス生まれ。にんじんはアフガニスタン。タマネギは中央アジア。大蒜はキルギス共和国。じゃがいもは南米アンデスのチチカカ湖畔。莢いんげんは南アメリカ。

それじゃあ土に根のないものって、なーんだ——草を食んで、あたりをうろうろしてる牛。それとキッチンで口上をたれながらビーフシチューを作ってる、ぼく……。すると、閉じた本から夜の大地で放尿する小説の主人公の声がする《そしてペニスを適当にしまい、新しい問題を熟考した——自分はどこから来たのか、これからどこへ行くのか？》。

動かすのは口じゃない、……手だよ。

これじゃあ、レシピの〈調理時間一二〇分〉を守ることなんてできやしない。

手……まずは手順どおりに牛肉を赤ワインにつけておいてから、タマネギは細かく、皮を剝いた大蒜ははんぶんに、湯剝きしたトマトは一センチほどに切る。ローリエ、セロリ、パセリは束ね、糸でしばりブーケガルニに。野菜は炒める。塩、胡椒で味をつけた牛肉に小麦粉をまぶす……と、いったように〈きる〉、〈むく〉、

〈しばる〉、〈いためる〉、〈まぶす〉。

　確かに、動かすのは手……そのほかにも、熱した鍋にバターを溶かし牛肉を〈焼き〉、大蒜、タマネギを〈いため〉、赤ワインを〈煮立て〉、ヘラで鍋底を〈こそげ〉、ドミグラスソース、水を加えたあとに〈かき混ぜる〉――料理は〈動詞〉で出来ている。ときどき日々の垢や錆を落とすように、灰汁を〈とる〉ことも忘れずに。

　だけど手のほかに、もうひとつ忘れてないか……〈時間〉だよ。時間は、とても大切。煮すぎないように、焦がさないように手を動かすことはもちろんだけど……基本は、レシピの〈調理時間〉に従うってこと。でないと、この《ごたごたした、調子っぱずれの本》同様、深皿をまえに面食らうことになるから。くれぐれもご用心。

　それから、分量。二人分――牛肉四〇〇グラム、大蒜ひとかけ、じゃがいも四個、莢いんげん一五本、ドミグラスソース一カップ、バター大さじ二……というようにレシピの指示通りに。えっ、勘だって……目分量なんて、百年早い。

焼きつけて煮立てた肉に赤ワイン、ドミグラスソースと水、それからトマトを加え、一時間半ほど煮込む。

お待たせ……ここで『スローターハウス5』の登場。でも、あんまり読書に熱中しないように（だから前もって何度か読んどいた方がいい）。ときどき鍋底をヘラでかきまぜたり、火加減を調節したり、灰汁を掬うっていう作業を忘れないで……。

〈生肉貯蔵庫にいた〉ビリーの頭上では《巨人が足を踏みならすような音》――爆撃機から爆弾が投下されている。地上は街が《ひとつの巨大な炎》に。そして、あたりには《芥子ガスとバラのにおい》……《そういうものだ》。

だけど本の外では、いつのまにかうまそうな匂いが漂っている。もうすぐだ。あと十五分の辛抱。……大丈夫。本をとじたあと、ビーフシチューの調理時間より先に《鉱物以外に何もない月の表面を思わせる》世界に変わる、なんてことはないから。

＊カート・ヴォネガット・ジュニア（伊藤典夫訳）『スローターハウス5』を織り込みました。
《そういうものだ》……ページをパラパラやると、まっ先に目に飛び込んでくるのが、このことば。カート・ヴォネガット・ジュニアは、戦争中ドイツ軍の捕虜として実際に「食肉処理場（スローターハウス）」に押し込められていたとき、ドレスデン無差別攻撃を体験した。《鉱物以外に何もない月の表面》のようになった都市で見た死屍累々の情景同様、この小説もまた死でいっぱい。

2　微笑むひと

だれもあのひとを責めるわけにはいかない。あのひとは《靴をぴかぴかにみがき、にこにこ笑いながら、はるか向うの青空に、ふわふわ浮いている人間なのだ。だから、笑いかけても、笑いかえしてもらわないと、さあ大変》

（アーサー・ミラー（倉橋健訳）『セールスマンの死』）

一体この鞄には何が入ってるんだ……なんて呟きながら、あなたはおおきな鞄をホテルの床に投げ出す。それから、あなたのからだもベッドに……。疲れた。きょう一日、まるでおれはおれの顔に追いかけられてたみたいだ。

知らず知らずのうちに笑顔が包帯のようにあなたを包みこんでいるが、その微笑みさえ薄汚れ、靴の底みたいに摩り減ってる。だから、おれの顔はいまでは目鼻立ちも掠れて凹凸に……もう笑っているのか泣いているのかさえわからない。

目を閉じたあとでも、あなたは歩き続けている、おおきな鞄をもって。道に立ちふさがり両手をひろげて通せんぼするのは無表情の扉。あなたはこの無表情ってやつが苦手……いきなり足もとにブラックホール。喜怒哀楽がないって、怖い。……まるでだれも住んでいない家。やがて、覗き穴から目が——ここではじめて扉に生気が……あなたはあなた自身を確認することができる。

そして、ドアがひらく——おれの微笑みにつられて相手から笑いを引き出せたらしめたもの。……たとえそれが、苦笑や嘲笑、顰笑や目笑であっても。あなたは相手の目や口のまわりの筋肉の動きに注目した。そして、いつものように顔のうしろに隠れたたましいを読みとろうとする。

うかぬ顔にしらん顔、すずしい顔にへつらい顔、おおきな顔にわがもの顔。売ったり貸したり、曇らせたり泥をぬったり、火をだしたり潰したり、繋いだり綻ばせたり——そんな顔をつるりと撫でると、のっぺらぼう。

自分の悲鳴で目を覚ます。水を飲みにベッドを出る。冷たい床をあるいて洗面台に立つと、鏡におれの顔が……。足のうらの床が冷たい。おれはおれの顔からもっとも遠いところにいる。この顔の向こうには、先ほど見たドアの向こうの情景があるんだろうな、きっと。

かつて赤ん坊だったとき眠りから目覚め、目の前の微笑む顔にむかって、おれも微笑んだ。そんな幸福な楽園がいつまでも続くことはなかった。ある日、伸ばした手を拒否されたように、いきなり目の前でピシャッと扉を閉められた。

そんな気持ちを抱いたままベッドにもどる途中、足もとの死体につまずく。のぞきこむと、死体はあなたの顔をしている。それから、床に脱ぎ捨てられた靴を揃え、衣服を畳んだあと、あなたは鞄の口をあける。中はからっぽ。……おれは鞄に縫いぐるみのような死体を折り畳んで押し込む。

3　時刻表のほかに、あなたが旅行にもっていく本

時刻表のほかに、あなたが旅行にもっていく本——旅のお伴に……人生のお友達に、ということなら、なるべくあれこれ考えず適当に手にした本がいい。ジーンズの尻ポケットや、下着、歯ブラシ、胃薬、バンドエードなんかといっしょに文庫本を上着に丸めて突っ込む……旅から帰る途中、汚れた下着といっしょに捨てたっていいし。

名所めぐり——といったことでなく、Y字路に木切れを立てて倒し指差した道をすすむ——といったわたしの気ままな旅は、偶然めくった本のページ……さあ、出発。

《きみ、アフガニスタンに行ってきましたね》——車内で本をひらくと、シャーロック・ホームズ、わたしの耳もとにきみの聞き覚えのある声が。……しまった、もう読み終わったミステリーなんかもって来てしまった。犯人がわかってしまっ

た推理小説なんて、パンのあいだに挟み込まれたパサパサのハムと萎れたレタス。……だけど、まあいいか。あんまり本に夢中になって、降りるはずの駅を乗り過ごしてしまった、なんてこともないし。

気をつけろよ、車窓の景色を見逃してしまわないように。だって、《こういう明るく美しい田園のほうが、ロンドンの最低、最悪の裏町なんかより、よほどおそるべき悪の巣窟だと言うべきなんだ》から。だけど、大丈夫。いまは夕暮れ――《こっちへ来て、窓の外を見るといい。これほど陰気でわびしい荒涼とした眺めがあるだろうか》。

わたしの頭も夕暮れ。黄色く濁った霧が漂っていて、すっかりストーリーを忘れてる（……犯人も）。ホームズ、本当に《人間の頭というのは小さな屋根裏部屋みたいなもの》。……年を取るって、たまにはいい。いちど楽しんだこの本で、もういちど楽しむことができるし。

誰だ、《東の風が吹きはじめたね、ワトソン》の台詞に傍線を引いたりしたのは……。

旅行に本をもっていくもうひとつの理由は、車内で隣の席のひとから話しかけられるのを防ぐため。本の壁……紙の砦。本は、わたしの隠れ家……草むらの秘密基地。安全な場所なんだ、たとえそこでいくらたくさんの殺人があったとしても。

距離を保ちながらひとと付き合うのって、探偵と容疑者の関係にもいえる。そして、二人はとても似てる。二人とも世間とか世界から締め出されたよそもの。だからわたしは鹿撃帽を被ってパイプを咥えてるこの男の気持ちがよくわかる……殺人犯の孤独も。

誰だ、この本の余白に〈探偵（と犯人）はベッドで安らかに死んだひとより、殺されたひととの関係のほうがより濃厚〉なんて書き込んだりしたのは――わたしの筆跡に似てはいるが……。いちばんあやしくなさそうに見える人物がまちがいなく犯人――そう呟きながら疲れた目を休め、ページのあいだに指を挟んで顔をあげると、車窓のガラスはもう鏡に変わっていて。

ホームズ、わたしはきみの口癖《獲物が飛び出したぞ》を知ってる（忘れていた人の名前を急に思い出したときなんか、わたしもときどき叫ぶ）。きみが殺人事件がなくて退屈しているときにコカイン七パーセントの溶液を常用していることも知ってる（わたしは血圧の薬アムロジピンを夕食後に飲んでる）。ベイカー街二二一Bの部屋へ玄関から上がる階段が十七段あることを知ってる——そのくせ、わたしは自分の家の二階までの階段が何段であるのかも知らない（つまづきや転倒を怖れて、いつも恐る恐る上り下りしている癖にね）。

きみのことをよく知っているのに、わたしはわたしの眼鏡がどこにいったのか知らない。色違いの靴下を履いて椅子に座っているこの男がいったい誰なのかさえ……。

窓に映った顔に透けて点在する光——星の数ほどある、あのひとつひとつの光に生活が……わたしもまた、あそこにいた。……わたしは車内の硬い椅子ではなく、テーブルを囲んでホームドラマを演じていた。そしていま、その灯りのひとつに、もしかしたらシャーロック・ホームズの本を読んでるひとがいるかも——わたしによく似た人が。

ページのあいだに平べったく蚊が挟み込まれている——琥珀に閉じ込められた虫が黄ばんだ紙面をうっすら朱に染めて……。結末がどうなるか知りたくて、ページの左側が減っていくスピードがどんどん速くなって——渦巻くロンドンの霧にガス燈。四輪辻馬車が石畳の街路をゴトゴトゴトゴト……。

ねむい。……なに、自分探しの旅——なんて手垢のついたキャッチコピー。旅は、わたし自身を見失ってしまう眩暈……《それにしても、どうしてだろう、海の底が牡蠣でびっしり固まってしまわないのは》——呟いて、わたしは本のあいだに栞のように挟み込まれる。

やがて、列車は時間通り駅に到着するだろう……誰だ、この本の最後のページを破り捨ててしまったやつは。

＊アーサー・コナン・ドイル（深町眞理子訳）（以下、同）『緋色の研究』、『シャーロック・ホームズの冒険』（『椈の木屋敷の怪』）、『四人の書名』、『シャーロック・ホームズ最後の挨拶』、『六つのナポレオン像』を織り込みました。

4　待つひと

《『狙え』と号令がかかる。八つの小銃がこっちを狙っているのが見える。おれはきっと壁の中へはいってしまいたい気がするだろう。おれは背中で力の限り壁を押す。壁はびくともしない。怖ろしい夢の中のように》

（サルトル（伊吹武彦訳）『壁』）

これまでだって、おれは待った――輪切りの大根がお鍋でやわらかく煮えるのを待った。バス停のベンチでバスが来るのを待った。喫茶店で冷めたコーヒーを前に恋人を待った。電話の前で諾否の知らせを待った。軒下で靴先から水たまりがひろがるのを見つめながら雨がやむのを待った。

おれはいま、ドアを背に壁に向かってソファーに横になっている。背中をもうひとつの壁にして、……おれは何を拒んでいるんだろう、おれは何から守られているんだろう。買い物籠からはみ出したネギみたいに足をソファーの端から突き出したまま、……おれは待った。

夜がいつのまにか窓のカーテン、そしておれの背中をとおりぬけてくる。おれは誰を待っているんだろう、……何を待っているんだろう。

静かだ……聞こえるのはおれの呼吸と心臓の鼓動。それに緩んだ蛇口からしたたり落ちる水滴。たとえばこれが部屋じゃなくて真っ青な晴天の下、どこまでもひろがる荒野のおおきな木の下だったとしても、おれはおれのからだの中に囚われていることに変わりはない。

歯痛や足の痒みが歯や足を感じさせてくれるように、誰も見たことのない時間だって待つという行為で触れることができる。……おれは何もしない。そわそわしながら長く感じられる時間といっしょにいる。おれは願いや祈りを抱きながら次第に耐えがたくなって息をつめ、だんだん濃くなって、煮詰まってくる。

おれはむかし観たゴヤの絵『マドリッド1808年5月3日』を思い出していた。

整列したナポレオン軍の顔のない軍服の群れ。《狙え》という号令のあと、小銃の銃身がおれに向けられる。怖ろしく寒いのに汗でシャツが皮膚にくっつき、小便でズボンが濡れる。絵の中の銃殺される民衆たちの手の豊かな表情——天にひらかれたてのひら、祈りで組まれた手、顔を覆うてのひら、耳をおさえる拳固……いまおれは無意識にその手のかたちをなぞっている。

だけど、もし待っている時間が途方もなく長かったとしたら……そのあいだ誰も来ないとしたら、何も起こらないとしたら……おれは銃殺される男たちのことをちょっぴり羨んだ。力いっぱい背中で押した壁の堅くて冷たい感触……少なくとも現在のおれより、生きている時間が濃厚だっただろう。

おれはいま、呼吸をつづけているだけだ。……やがて、テーブルの上のパンが固くなり青かびが生え、花瓶の薔薇が枯れ饐えた匂いを漂わせ、埃の積もったピアノの上の写真がベージュ色に色褪せ、瑠璃玉が枯れ、鏡の中で世界がゆっくり老いていくのを、おれはただ静かに見つめているだけだ。

5　2020年5月6日、きみがキッチンで書いた詩

朝、新聞を取ろうとして玄関のドアを開けた。きょうこそ散歩に……と思っていたのに、あいにくの雨。いつものようにテーブルのうえ、熱いコーヒーとパンの香り。きょうは慎重に濡れた新聞をひろげる――なにげなく井上陽水の「傘が無い」をくちずさんでいるのに気づく。いまは傘じゃなくて、マスクだけど……。あいかわらず息苦しいのは、マスクの所為ばかりじゃない。毎日、からだが窮屈な靴に閉じ込められた足みたいに臭うし、鬱陶しい。

紙面から顔をあげ、しばらく窓ガラスの水の網目のカーテンが揺れる物語をながめ、ちいさな水滴がだんだんおおきくなってみずからの重みに耐えきれず流れおちていく言葉をみつめている。

午後は、本の整理。処分する本と取っておく本、ふたつの山がだんだんおおきくなる。そこで発掘したのが『アメリカの鱒釣り』――街角で偶然、懐かしいひ

とに出逢ったみたい。……この本、旅先や喫茶店、車内や公園など、いつもバッグに入れて持ちあるいてた。

ようこそ、って表紙のベンジャミン・フランクリン像の前に立つリチャード・ブローティガンに挨拶する。ベンジャミン・フランクリンの銅像は時にやられて錆びついているように見えるけど、この本だってだいぶ傷んで変色してる。深夜のテレビ画面の砂嵐みたいにざらついた表紙から、大理石語をしゃべる銅像を置き去りにして、ブローティガンが変わらぬ姿で本から抜け出してくる。

ページのあいだに栞がわりに挟み込まれていた四つ葉のクローバー。このページをどこでどんな姿勢で読んでいたのか、寒かったのか暑かったのか、雨だったのか晴れていたのか、まるっきりおぼえていない。

だけど、〈いっぷう変った胡桃ケチャップ〉のつくりかたや葉っぱの付いた枝を手にした愛想のいいアドルフ・ヒットラーみたいな羊飼い、谷間の羊の匂いとソルト・クリークのコヨーテの鳴声や〈アメリカの鱒釣りちんちくりん〉のことならよくおぼえてる。そうそう、この本の最後、マヨネーズのことばで終わるんだったな。

これじゃあ、いつまでたっても作業が終わらないよ。

本を閉じようとして――おや、こんなところに鉛筆で傍線が……《わたしたちはあかんぼが軽く魚に触るだけにするように見守っていた》。まだ幼いから魚を殺したりして欲しくないから。……やがて、あかんぼが《まもなく銀色の声を上げた》。

……釣りあげた魚をつかんで、幼いわたしは父を呼ぶ。父は苦しむ魚の口から針をはずす――そんな情景がページのあいだに栞のように挟み込まれていた。……水面に、父と子が影を映している。父の呼吸と竿をふる動作がだんだんわたしと重なってくる。おなじ呼吸とおなじ動作。まばたきでさえ、ふたり一緒。

ブローティガンと別れてから45年が経過して、いくつもの川が流れた。そのあいだにわたしは結婚し、いまの住まいに根をはり、子どもができた。そして、父を亡くし、母を亡くし、妻を亡くした。いつのまにか釣道具を担いで釣場を探すブローティガンの足どりから、酒びん片手に腰をかがめ俯きながらぬかるみを歩く姿勢に、わたしの文体が変わっていった。

でも、しらずしらずの内にわたしは世界を『アメリカの鱒釣り』を通して見ていたのかも――《滝は木立の中の家に通じる白い階段だった》といった発想なんか……。滝ニ行ク小径ハ、ドコニイッタンダロウ。

本を閉じると、魔法が解ける。……昼間の教会の鐘の音は電子レンジのティン！に、蟬の声はハンドミキサーのピピピッに、顔じゅう口にした雲雀の雛はタイマーのチヨチヨチヨに、そして、滝の音は洗濯機のサァーッサァーッに変わる。

その夜、わたしはテーブルで詩を書いた。

キッチンは釣道具箱みたいに　きちんと整頓されている。

水につけておいた汚れた皿や食器は、
清潔なふきんで磨くように拭いて　食器棚にしまった。
夜中に　きみは換気扇に紙を短冊にして貼りつけ、
耳をすましてる――まるで草原を吹く風……。
すると　緩んだ蛇口の点滴は釣りおとした魚の水音に、
冷蔵庫のノイズは小川のせせらぎに。

昼間も　きみは
キッチンの胎内で耳をすましていた。
きみのまわり　たくさんの文字で埋まってた、
踏み荒らされたあしあとの　悪筆の悪意で。

……………………

ねむりが剝がれ、
はじめに耳、そしてそのつぎに目がひらかれる。

いつのまにかテーブルに突っ伏してねむってしまったらしい。

何か書こうとして、書けなかった……。

テーブルからはなれ、蛇口をひねってコップに水を入れる。

つめたい水は、あの日　てのひらで掬って飲んだ渓流の甘い味。


制作時間は66分5秒（……なんで、そんなに正確かって。キース・ジャレットの『ケルン・コンサート』のCDを聴きながらこの詩を書いてたからね）。いや、もっと正確にいうと、45年と66分5秒。

雨が止んだ。ガラス窓は鏡に変わってる。目の前には、父の顔……本をとじた途端、老いるって……、浦島太郎だな、まるで――そんなことを呟きながらカーテンを閉める。コーヒーを淹れて、テーブルにもどる。

そして、詩の最後にこう付け加える。

目覚めたあとも、
きみはあいかわらず釣場をもとめ　彷徨っている。

＊リチャード・ブローティガン（藤本和子訳）『アメリカの鱒釣り』を織り込みました。

6　雨って、好き

雨って、好き。……朝、カーテンを開けて、さあ、きょうも一日、頑張ろうって思わなくてもいいから。曇りは、どっちつかず。おもいっきり怠けられない。だから、憂鬱な梅雨だって、大好き。失恋したとき、うんと悲しい曲を聴くと、逆にホッとするみたいに……。

雨が吹き込まないように窓をぜんぶ閉ざす。こんどは自分のからだに閉じ込められる。……雨は、怠惰を〈アンニュイ〉に——甘美な音楽に変える。本降りのなか、傘にあたる雨の音を聞きながら歩くのも好き。紙袋にはいった荷物をもっていたり、そのうえ靴のなかまでぐちゃぐちゃだったり、車にハネをあげられたりって最悪だけど。

息で曇った窓ガラスに指で文字を——なんて書いたか忘れちゃったけど。その窓の向こう、舗道をわたる傘に隠された顔……いつも見る窓の外の歪んだ風景のなかでは、よく知ってるはずのひとだって、あたしの知らない顔をかくしもってる。

雨って、ミステリー……不意にふだんの生活にあらわれる。散歩の途中、いきなりの雨、ゆったりした足取りが急ぎ足に——木陰や軒下に避難って感じ。雨って、たとえば真夜中の電話、冠婚葬祭の手紙、疫病、戦争、受胎告知……え、じゅたいこくち。フラ・アンジェリコって、生々しいことをまるで宝石みたいに透明に、神聖に。

教科書に載ってた西脇順三郎の「天気」、《何人か戸口にて誰かとさゝやく》——受胎告知なんだって思う、きっと。それにしても、なんで「天気」なのかしら。天気っていったら、「お天気で何より」ですよね。……「狐の嫁入り」とフラ・アンジェリコ。妖しい漢字とカタカナの透明な響き。

もし〈ひらがな〉が風に揺れるレースのカーテンのふうわりした肌ざわりなら、つめたい汗のようにガラスをツツーッとゆっくりつたい落ちる水滴って、〈カタカナ〉の響き。永井荷風『雨瀟瀟』の〈漢字〉の雨って、水墨画の掠れた線の墨の香り。あたしはやっぱり浮世絵の繊細な線が好き……〈ひらがな〉の雨って、なんか色っぽい。

雨は、さみだれ、こぬかあめ、あせもからし、さざんかちらし、なごのしょうべん……雨って、いろんな名前がある。かえるのめかくし——なんて可笑しい。草葉の陰からのそっと這い出した蛙が、ぶきっちょな手つきで目や鼻をなでまわすみたい。

雨の品定め……「雨夜の品定め」って、なんの巻にあったっけ。……きょうは谷崎潤一郎の『源氏物語』に挑戦してみようかしら。藤壺、葵の上、花散里、夕顔、末摘花、朝顔の姫君……。

嫉妬、プライド、高飛車、気遣い上手……もしかして、みんな一人のあたし。それにしても、登場する魅力的な女たちに比べ、光源氏って顔がない。……そういえば、『枕草子』の〈ものづくし〉で雨って、ない。《雨のうちはへ降るころ》ではじまる、誰かが訪ねてくるエピソード、あったっけ。
もし清少納言が花の名前じゃなく、雨の名前のある登場人物のものがたりを書いてたら……読んでみたい。雨は、花や草木に灌ぐだけじゃない。埃を鎮めてくれる。汚れを落してくれる。雨の日には、湿っぽくなって服が縮まって、青く匂う。雨の音も好き。……とくに眠ってるときに耳もとで囁く声は――あたしのたくさんの顔を洗いながしてくれるから。

……………………朝になると雨があがっていて、窓ガラスのいつかの文字が光に浮かびあがってきたときの新鮮な気持ち。何処にかくれていたのか、光と鳥たちが降りて来て水を飲んでる。くものすの珠、くさの葉の露。……《(覆された宝石)のやうな朝)》ね。あたしのあちこちにも水たまりが残っていて、起きあがると、からだがちょっと重い。

7　お話するコオロギの幽霊のお話

夜中にベッドのしたで鉋屑を見つけた。ゆうべ読んでた本のページのあいだから床に落ちたんだ、きっと。カルロ・コッローディ（大岡玲訳）『ピノッキオの冒険』。（メアリ・シェリーの『フランケンシュタイン』のときには、翌朝、おおきなネジを見つけたこともあった）。

ページのあいだに栞のように挟み込まれている駄菓子の味——ちいさなぼくが縁側で本を読んでいる。ときどき足をぶらぶら、かりんとうの粉がぽろぽろ。疲れると畳のうえに腹這いに……いつのまにか眠ってしまって……ぼくはそんなことを思い出しながら無意識に頬をなでている。……バッカだなア、とっくに頬っぺたに捺印された畳目なんか消えてるよ——あれから何年経ったと思ってるんだ。

すると近くで声が……リルリ、リルリ、ルルリ。ちょっと、ちょっと、いま、目玉をキョロリと動かし、キョロキョロしてる、きみ……。わたしさ、お前さんを呼んでるのは、お話するコオロギの幽霊だよ。……とっとと出てけって顔してるな。よそものはきみのほうさ、わたしはもう百年以上、この部屋に住んでるんだから。

リルリ、リルリ、ルルリ。《むかし、あるところに一本の棒っきれがあった》……おぼえてるかい、薪ざっぽうが、テーブルの脚をこしらえてやろうとした鼻のあたまが赤い年寄りの大工サクランボ親方に言ったことば――〈手斧《ちような》で、あんまりひどくぶたないで〉とか〈やめてよ、鉋《かんな》でぼくの皮を剝ぐのは。くすぐったいじゃないか〉。

もちろん、おぼえてるよ……あのころ木の椅子を作ったんだ、ぼくも。おぼえてる――床に散らかったおが屑の香り、紙やすりをかけた木の手触り、ニスを塗ったあとの燻製のような光沢……。まだ、ぼくがずうっとちいさかった昔――電車の吊り革に手をのばし、飛び上がったりしてたころ。

ぼく、木のぼりが得意だったんだ。木のうえはいいよ、世界でいちばん背の高いひとの頭のてっぺんを見ることができた。沈む夕陽をだれよりも長く見ていられた。散歩道をずうっと先のほうまで眺望できるし、わざわざ梯子をもちださなくても手をのばせばリンゴや葡萄や柿、それにミソサザイの卵をとることだってできた。

おやつを食べるのも宿題をするのも寝るのも、なんだって木のうえ。葉っぱをサラサラ鳴らしながらオシッコだってした。父親のお小言も、母親のお使いも、兄貴の悪口もここまで届かない。木のうえにいると誰もぼくに気がつかない。透明人間になれる。ときどき近所の友達が手で目びさしをしながら瞼をパチパチさせ、ぼくを見あげたりする。木のうえはぼくだけの領地……だから、一歩でも地面に足をつけたらぼくの負け。そうそう、みみずにオシッコかけて、おちんちんが張れちゃったことがあった。

木のしたでは、いつもぼくの口から出るのは嘘と、からかいのことば。話しをするたびにぼくの鼻が伸びて、伸びて……。

いつだったか、足もとの枝が折れて真っ逆さま……。頭のコブは三週間ほどで消えたけど、いまでも傷あとがのこってる——ベンチにナイフで刻み込んだみたいな痕が。

リルリ、リルリ。リリルルリ。おい、きみ……きみだって本当は木でできてる。わたしをまじまじと見つめてるきみの目、伸びる鼻、舌をペロリの口。きみの顎、首、肩、胴体、腕と手だって、ほんとうは薪ざっぽう。だから、遠くのほうで斧を打ちこむ音が聞こえてくると胸が痛むんだ。きみも木でできてる証拠。

土と木の香り……どうやらいつのまにかぼくは森のなかに踏み込んでしまったらしい。……まつ、すぎ、とちのき、けやき……木々は、これまでぼくが出会ったたくさんのひとの姿をしていた。奥深くへ足をはこびながら、ぼくはぼくのなかの森がしだいにぼく自身を包み隠していくのを感じていた。

《ここで、夢は終わった。ピノッキオは、ぱっちり目を開けた。もうあやつり人形ではなくなっていた。ほかのみんなと同じような、本当の人間の子供に変わっていたのだ》……やれやれ、また一日がはじまる。鏡のまえ、つめたい水で顔を洗いながら、ぼくは昔ぼくが何の木だったのかおもいだそうとしていた。

〈夜中に、推理小説の構想を練る〉って、台所で日記に書いた。いまわたしのいるところ……孤島や屋敷、高級寝台列車の室内に比べたら大分みおとりするけど、立派な密室。マーマレードの瓶とか計量カップ、しょうゆ差しとか胡椒入れ、裏ごし器とかバターナイフ、たわしとかマッシャー……とりあえず近くにあるものを登場人物に見立ててテーブルのうえで構想を練る。

そんな台所用具のなか、差し当たってわたしは透明人間――執事やメイド、コックってとこかな。殺害方法は――刺殺、絞殺、射殺、撲殺、溺死……。犯人が女性なら毒殺――ベラドンナ、ジギタリス、ストリキニーネ、砒素、トリカブト……。そうそう、わたしは夢のなかでよく落下する――階段や窓、崖のうえから。

少し前、わたしはここで血圧を計った。もうちょっと前、豆腐入りハンバーグを食べた。小松菜と里芋の豆乳みそ汁をすすった。……梅干しや佃煮や塩辛は、からだに毒。紅茶は砂糖ぬき（アーモンド臭も）。本のページから、シードケーキとキャッスル・プディング、ベーコンとスクランブル・エッグ、ホット・チョコレートとアップルパイの甘い香りが漂ってくるけど、肥満は禁物。殺人によるストレスも。

モナミ（友よ）、ノンノンノンノン……《誰しも己が人生に多少なりとも危険の香りを求めるもの》。人生に投与する量によって、毒は薬にもなるんです。だから、ときには毒は必要。ところで、ちょっと目の前にある日記帳を読んでごらん。……そんな声に導かれてわたしはページをめくる――きのうは日付のあとに〈晴れ〉。つづけて〈歯痛。夜中にアガサ・クリスティー『カーテン』を読む〉。

……………………………………………………………………

「さて」と、台所用具を前に得意げに推理をおもむろに披露し始めたのは、テーブルのうえの卵。モナミ（友よ）、この小説に比べてきみの日記は一体なんなんだ。……毒にも薬にもなりゃしない。〈歯痛〉が、なんの伏線でもない。きみの灰色の脳細胞は今日はお休みなのかな。日記を幾らめくってみたところでドラマやスリルはなにひとつ期待できない。死人のひとつ、殺人の一件だってないじゃないか。料理を作っているときに掛かってきた間違い電話、カレンダーの日付に丸く囲った印……そんな謎だって、論理的に解決されなければならないんだよ。いつだって終わりはずっと先送りのまま。いや、それ以前にきみのものがたりにはなんの構造もなく、起承転結はつねに切断され、単調なリズムの繰り返し――そう反復。緩慢な窒息。催眠状態……これじゃあ、名探偵エルキュール・ポアロだって退屈で死んじゃうよ。

ムッシュー・ポアロ、おことばが過ぎませんか。やがて朝になれば、テーブルにトーストとコーヒーの香り。朝刊をひろげると、そこにも死体が……。ボン（それはいい）。ちょうどそのとき、目覚ましのベルで目を覚ます。いけない、うっかり家庭用タイマーのボタンを押してしまったらしい――そう呟いてからだを起こした途端、テーブルが傾き、卵が真っ逆さまに墜落……オールボワール（さようなら）、ムッシュー・ポアロ。……ごめん。

＊アガサ・クリスティー（田口俊樹訳）『カーテン』を織り込みました。

9　サミュエル・ベケットの台詞のある三つの風景

a（あしおと）

眠れないのね、今夜も……。聞こえるわよ、ミシッ、ミシッ、ミシッ……って、二階の床板を踏みながら歩いてるあなたのあしおと。……あなたのあしおとは、どんなことばよりも雄弁。あなたのあしどりは夢遊病者の孤独。あなたのあしあとは声のかたち。

《どうしてもやめられないのかい……あのことをくよくよ考えるのを》。ひぃ、ふぅ、みぃ。ひぃ、ふぅ、みぃ……って、あたしの呼吸もいつしかあなたの呼吸と重なって……。

あなたはいま、どこを歩いているの、裸足のまま——石畳を歩いているの、硬く冷たい石のうえ疲れた影をひきずって。ぬかるみを歩いているの、あなたの姿をうつす水たまりを避けながら。それとも、草のうえを歩いているの、風に髪を浸しながらことばやからだを剝ぎとられて。

あなたが一体どこを歩いているのか、あたしにはわからない。だけど、あしうらの感触はわかる……。

そして、あしをとめ、あなたがいま立ってる場所は、荒れ放題の庭。さっき門をあけたとき、てのひらに赤錆が。歯ぎしりする家のドアをあけると懐かしい匂い。

ひぃ、ふぅ、みぃ。ひぃ、ふぅ、みぃ……って、舞いあがる埃に咳こみながら、ゆっくり階段をのぼって行くと、あなたはあたしを見つけるでしょう――ベッドで寝ている年老いたあなた自身を……。

b（ロッキングチェアに座るひと）

ブラインドをおろした部屋は暗くて、目にツンと酸っぱい黴のにおい。あるくと埃の舞う場所だけど、ロッキングチェアに座って目を閉じると、そこはいつも海に面したポーチ。椅子の揺れといっしょに陽ざしと微風がもどってくる。……

《もうそろそろやめてもいいころよ》。

椅子が揺れると、世界の蝶番が軋む。あたしたちはその音にあわせて呼吸しながら、庭をそぞろ歩き。……お姉ちゃん、おぼえてる――海に鯨がやってきた、あの夏の日のこと……。《もうそろそろやめてもいいころよ》。……お母さんのおおきく見開かれた目が鳥が羽ばたくように瞬いて、しだいに閉じ……揺れがとまった。

お姉ちゃん、おぼえてる――お母さんもよく、この場所でこの椅子に座ってた。波の子守唄に、揺り籠……なにもしない豊かさっていい。〈さよなら、さようなら〉って言いながら遠ざかっていく雲のような……そんな時間っていい。

風がつよくて、話がよく聞きとれない……裏庭のスイカズラ、ごらんになった……眠ってるとき、耳もとでミツバチがブーンって……ビスケット、しけっちゃった……あした、もし晴れるようなら……どこから来たのって、よく聞かれた……黙りましょう。

いつでしたっけ……だんだん寒くなってくるのを感じながら……犬がいなくな

ったよ、ゆうべ。話さなかったけど……ティーポット、取ってくれないか……昔のことを話したっていいでしょう……気持ちよく眠った、木陰で。ううん、犬じゃなく。

遠い声に耳をすましながら、荒れた庭で風が座った椅子が揺れている。

c（木）

おおきな木の根もとに玄関に脱いだはずの靴が……。ひろってなかをのぞきこむ。においを嗅いでから、なにげなくふってみる。小石ひとつ落ちてこない。壁にかけたはずの帽子を、木の枝がつかんでいる。帽子を手にとると、なにげなくふってみる。もちろん、なかから兎やハト、国旗なんかが出てくるなんてことはない。……《なんにも起こらない、だあれも来ない、だあれも行かない》。

わたしはそこで誰かを待ちながら、ときどき足もとの池をのぞきこんだり、木の葉の囁き声に耳をすましたり、木漏れ日を見あげては眩しさに目を細めたりする。ベッドで読書灯をつけたり、靴ひもをむすんだり、草をふみながら夏の夕暮れの小道をあるいていて、風に帽子をさらわれた日のことを思い出したりする。

ある日、いつもの場所に行ってみると、おおきな木の葉がぜんぶ落ちている。枯枝にひっかかっているのは、汚い帽子。根もとに落ちているのは古靴。ふってみたり、においを嗅いでみたり、……どちらもわたしのものじゃない。おおきな木のちかくを通り過ぎていった浮浪者が、わたしの帽子と靴を取り替えていったんだろう、きっと。

わたしはもう、ここで誰を待っているのか、……待っていることさえ忘れてしまった。足もとの池も涸れ、わたしがみずたまりを覗きこむと、見知らぬ老人の顔が水にゆれている。見あげると、雲がながれていく。……翌日、この帽子を被り、この靴を履いてあるいているわたしは、いつものわたしとは違うひとになっている。

＊ベケット（高橋康也訳）『あしおと』、『ロッカバイ』。（安堂信也・高橋康也共訳）『ゴドーを待ちながら』を織り込みました。

新型コロナウイルスが猛威をふるい、外出も自粛ということで気軽に近所を散歩することさえ出来なくなった。図書館は閉館、駅前の本屋まで行くのも面倒。本棚から宮沢賢治全集をひっぱり出してきて台所で読み返す。本をひらくと、つめたい風が顔に……と、同時に本のなかの〈歩く〉にも注目。

《ドッテテドッテテ、ドッテテド、／でんしんばしらのぐんたいは／はやさせかいにたぐいなし》（『月夜のでんしんばしら』）って歌いながら行進したり、脚絆や草履をきりっと結んで、《ダー、ダー、ダースコ、ダー、ダー》って「鹿踊り」を踊りだしたり。

『雪渡り』の《「堅雪かんこ、凍み雪しんこ。」／四郎とかん子とは小さな雪沓をはいてキックキックキック、野原に出ました》という文字を追いながら、テーブルのしたで足が勝手に足踏み――キックキックキック。賢治の童話、本を開くと、からだが勝手に動きだしてしまう。

宮沢賢治が「書く」とは、新しいあしあとを刻むこと。そして、わたしが「読む」とは、賢治のあしあとにわたしの足をおいて旅すること。いっしょに歩いているうちにだんだん作者の歩く速度や呼吸、心臓の鼓動や思索の流れとかさなってくる、ということ。

おおきな象の頭のかたちをした雪丘の裾をはげしい風と雪の渦のなか、せかせか歩く子どものお話『水仙月の四日』を読んでいるうちに眠くなってきた。うつらうつらしているとテーブルのうえの本から雪が吹き込んできて、《ひゆうひゆうひゆう、ひゆひゆう、降らすんだよ、飛ばすんだよ、なにをぐづぐづしてゐるの》。……吹雪がみるみる目の前のあしあとを消していく。

＊

さて、そんなコロナ禍の句読点の少ない文章のような息苦しさのなか、〈歩く〉ことについてわたしが若いときに書いた詩を見つけた。ノートの切れ端――ノートの中央に閉じられた側〈ノド〉のギザギザのある面をうえにして、まず〈歩くひと〉と題名を書き、一行あけてあるけ。あるくんだぞ――
あぜみち、あさみち、アーケード、
あるけ。棒たて、たおれたほうへ、
あるけ。あるけ　雲　おって、
蜘蛛の巣くぐって、影　おいて、
あかるいりんごのにおいのほうへ、
あるけ。さあ　あるけ、

と、いきなりプツンと鼻緒が切れたみたいに書きかけのまま、〈歩くひと〉はついに放棄されてしまった。読点をうって、ここらでちょっと一休みとでもいうように。……それから、余白と沈黙がひろがったまま、いつのまにか埃にまみれ月日が移っていった。

時間のながさは日に焼け変色した皮膚に沁みのようなセピア色の斑点のある紙

面からも推測できる。あの日、なんで書くのをやめてしまったんだろう……《あるけ。さあ　あるけ、》の後で、わたしはこう呟いたんだろう、きっと——きゅうくつな靴をぬいでしまおう……靴ずれになったり、ほどけた靴ひもや靴のなかに入ってしまった小石が気になったり、蒸されて汗ばんだりした足がもう死にかけていて、イヤな臭いがするから。

いまわたしは年老いたノートの切れ端のうえ、あいかわらず子どものまま裸足で立っている。はじめ心地よくわたしを包んでくれていた台所の壁が、しだいに息苦しくなってくる——湿っぽい靴のなかで暮らしているような、そんな感じ。窓をあけ、深呼吸をする。眼をとじると、足の裏に芝生や岩、水や沼の感触がよみがえってくる。そして、シコを踏むみたいにしてだんだん体中に力がみなぎってくる。さあ、裸足で歩いてみよう——歩く呼吸とリズム、速度で書いてみよう。

あたらしいノートを勢いよく、破る。ノドのギザギザが直線に近く、ちょっと満足。白い紙面に立ち止まったまま、しばらく凍りついていた手が動きはじめる。
わたしは自分の背中を押すように――書け、書くんだぞ……と掛け声をかける。
すると魔法が解け、ふたたび〈歩くひと〉の七行目に足をおいて、歩きはじめる。

11　売家

屋敷の正面の屋根の下、微かな亀裂がジグザグに走っていた《その裂け目が見る見るうちに大きくひろがり——旋風がそこを激しく吹き抜け——次の瞬間、円い月の全体像が現れた。強大な壁が勢いよく崩壊していくのを目にして、眩暈を覚えた——長く激昂した絶叫が、一千の波の音のように響き渡った——そして、足許の深く陰鬱な湖は、「アッシャー家」の瓦礫によって埋まっていき、むっつりとその口を閉じたのだった》

（エドガー・アラン・ポー（河合祥一郎訳）『アッシャー家の崩壊』）

はじめに家のなかのものを一切合財そとに出してしまおう——箪笥に食器棚、冷蔵庫にテーブル、ピアノに椅子なんか……なにもかも全部。みなれた家具・什器がみんな用途も目的も忘れ、奇妙なかたちのまま夜中に芝生のうえ——カオスのなか。

いちばん最後に運び出されたのはベッド。……それにしても、まわりにこんなにものが散らばって……まるで空襲で家を爆撃された痕。でも大丈夫、朝になればテーブルには、いつものようにパンとコーヒーの香り。行進してくる軍靴だって、フライパンで玉ねぎを炒める音に変わる。兵器を造るために鍋釜が国に集められたって、ヘルメットはまた元の鍋にもどる。

だからもう、そこのベッドでおやすみ。あした天井がなく、足のうらにはいつものように畳がなく、なにかヌルッとしたものを踏んづけたような気がしたって、大丈夫。いつものように悪い夢から醒めるから。


翌朝、わたしはシーツを被りながらベッドから起きあがり、家具・什器のあいだを歩きまわる。わたしの心臓がとまったとたん、わたしの手からはなれた包丁、フライパン、やかん……みんな芝生のうえで元の生活を夢見ているかのよう。わたしの髪をなびかせる風と足のうらのチクチクした感触が気持ちいい。

空っぽになった家の窓から内側をのぞきこむ……これが最後の引っ越しになっ

た。すると、耳もとで——息ヲ吸ッテ、吐イテ、マタ吸ッテ、吐イテの声。……そういえば、子どものときに窓に息をふきかけてガラスを曇らせ、白いスピーチバルーンによく絵や文字をかいたりした。

五年後、〈売家〉と書かれた立札看板が外される。そこに住むことになるあなたは毎朝、窓のむこうに幽霊の気配を感じる。そして、一瞬ガラスが白く曇り、そこにわたしが書いた〈いないいないい　ばぁ〉という文字、そのつぎに太い線でくっきり描かれた母の顔の落書きが現われるのを見る。

†

冒頭の『アッシャー家の崩壊』の引用は余計だったかもしれない。
ポーの代表作に『大鴉』がある。好きな詩で、なんども読んだ。各連の終わりごとに鴉がしわがれ声でくりかえすNever　moreに、いまは亡き恋人レノーアへの思慕と悲しみが滲む。でも、本を読み返すということは逆回転させたフィルムのように最初のページ――嵐の夜更けの読書にもどることが出来る。湖に沈んだはずのアッシャー家の陰鬱な屋敷にふたたび数週間滞在することが出来る。

だけど、わたしが本のなかでうとうとと微睡んでいたとき、部屋の戸を不意にコツコツと叩くお客の正体はもうわかっている。本の外、めくっているページには指の腹の脂がついていて、まえに読んだときの記憶がうっすら残っている。

12　月の裏側のひと

《左手ですって……　いったいどこに持っているのだろうね、メダルドさまは、左手を？　遠いボヘミアに、トルコ人の国に、それは置いてきてしまったのだよ。ひどいことだ、あんなに遠くに、体の半分を、左側を、みんな置いてきてしまったなんて……》

（イタロ・カルヴィーノ（河島英昭訳）『まっぷたつの子爵』）

散歩の途中、足もとがふらふら……まるで酔っ払いのよう。ふいごでフーフー火を怒らせてるみたいな息づかい。もう齢だな……ちょっとそこのベンチで休んでいこう。ちょっと……のはずがベンチの左端に腰をおろしたとたん、舟を漕ぐ。

しばらくすると足音が近づいてきた。薄目をあけ、顔をあげると、黒っぽい疲れた服と膜のように倦怠感を全身にまとった男が影のように通りすぎ……と思ったけど、横を向いたままの姿勢でわたしの目の前でピタッと止まる。三十代だろうか……意外とまだ若いような気がする。横顔をむけたまま男はつぶやく。

――ひたひた、ひたひた、ひたひた……つめたい砂がおれの裸足の足裏に吸いついてからだが重い。おれの目の前には誰かの背中。あしおとには引いては打ち寄せる波。あたりには月のひかり。ここでもし誰かが呼びとめ、おれがふり向いたとしたら、そいつは海に向けられたおれの横顔――熟れた柘榴を見ることになる。……あの日、あしもとに落ちた爆弾がおれをまっぷたつにしちまった。

ぶつぶつ男が話をしているあいだ、わたしの眠りがだんだん剝がれ、しょぼしょぼの目を擦りながら――ん、……何……ぼくに向かって話をしてるの。

横顔は、わたしにかまわずに話しつづける。対話というよりもモノローグ、いや朗読だ。もしかして芝居の練習、台詞をおぼえてるのかな。

――ひたひた、ひたひた、ひたひた……静かだ。本当はあしおとなんて聞こえやしない。聞こえるのは波の音と心臓の鼓動だけ。柔らかな月の光はおれの顔を荒布に覆われた凹凸の陰影にかえる。布地の手触りにかえる。夜の闇はやさしく月の裏側を隠してくれる。あれはいつのことだったろう、軍靴のひびきが聞こえてきたのは……。

つぶやきながら、男はわたしが座っているベンチの左のわずかな隙間に半身を割り込ませ、押し競饅頭。待てよ、わたしが本当は眠っていて、まだ夢から抜け出せていないのかも……と、半信半疑。——な、な、なんだ。……なにもわざわざここに坐らなくても、右側があいてるじゃないか。それにベンチなら、この公園にいくらでもあるっていうのに。

ベンチの左半分を占領した男は、また朗読をつづける——

ある日、おれたちがいつものようにお喋りをしたり、歌を口ずさんだりしている広場で、ひとつの勇ましい歌声が波紋のようにひろがり、やがてみんながそろって歌い、だんだん歌がおおきくなった。それから、そぞろ歩きするもの、ステップを踏むもの、走るものたちがそれぞれひとつに束ねられる。不揃いだったおれたちは呼吸をそろえて行進する——ひとつの方向に。おれはいま、いつのまにか波音に耳を塞がれ、背中に目隠しされ、背後から押されて行進する、ザッ、ザッ、ザッ……。

おれは、光を憎んだ。朝、カーテンをあけながら、失ったはずのおれの顔の半分がいつのまにか元通りになっているように……なんて願った。眠りだけが、おれの休息。おおいなる安らぎ。そのくせいつだって眠れない。眠ったとしても、うなされて大声をあげ、その声で深夜に目覚める。……戦争はおれの眠りを殺した。

おれはおれの顔から出られない。おれのからだから抜けだせない。誰だって尿と糞と涎がつまってる革袋。皮膚がなんだ……薄い皮じゃないか。光がなんだ。……おれはいま、他人の眼差しのなかに生きている。歩くことさえ、ひとの目を意識して固まり動きがぎこちなくなる。……夢のなかにまで、おれは自分の顔に追われて逃げまどう。そう考えただけで爛れた顔が疼く。失ったはずの腕が痒い。もしかしたらおれの左側ではまだ戦争が続いているのかもしれない。

いや、おれはまだ戦争のまっただなかにいる——心の奥底でおれは本当はそう願っているのかもしれない。もうすぐおれは、軍靴のあしおとによってここから解放されることだろう——この顔から、この皮膚から、この眼差しから、この屈辱から。……もう何も悩むことはない。戦争がはじまれば余計なことは考えずに済むし、溜息だって洩らさなくていい。

ザッ、ザッ、ザッ……あしおとが近づいてくる。もうすぐおれの心臓の囁きも太鼓の叫び声に吸収され、やがて大いなる眠りのなかへ——海に溶けこむ月の光のように……。おれはもう怖くない、もう孤独ではない。なんにも考えず、なんにも悩まず、おれはたくさんのおおきなあしおとに恍惚としながら行進する。海に向かって行進する。

13　夜中にテーブルで川の名を思い出していると

夜中に本をとじ、テーブルの表面に顔をおしあてながら、川の名前を思い出そうとしていた。……ゆうべはベッドで鳥の名を、おとといは草の名を思い出そうとしていた。

昼間、おなじテーブルのまわりでわたしはカレンダーの日付を囲んだ丸印の意味を思い出そうとしていた（歯科医院の予約だった）。夕方、テーブルでエコバッグを畳んでいて、玉ねぎとバター、マーマレードを買い忘れたことに気がついた。いまわたしは子どものときにザリガニを捕まえたあの日の川の名前を思い出そうとしている。

本のなかにもたくさんの川が流れていた。……日没と共に対岸の湿地から飛んでくる昆虫めがけて水面から跳ねあがる鱒のいる、二つの心臓の大きな川。小高い丘のうえ、大理石の墓標と乾いた古パンの耳みたいな板切れの墓標――二つの墓地のあいだをゆるやかに流れる、アメリカの鱒釣りの川。

そして、カーヴァーの川では、夜になると鮭が水辺を出て街にやってくる。ドアノブをまわしたり、ケーブル・テレビの線にぶつかったりする。


すると、川がテーブルの脚まで充ちてきて、わたしの耳もとでささやく——ミシシッピー。……船酔いか……めまいを感じ、わたしは椅子から転倒。床に寝転がって、つぶやいた。

《星を見あげながら筏に仰向けに寝ころがって、このしーんと静まりかえったでっけえ川下っていく》。本当は、テーブルの表面の裏側を見あげながら、わたしのからだを流れる血の流れを感じていたんだけど。

わたしをのせた筏は季節をくだって……と言いたいところだけど、ぴちゃぴゃ川岸を舐めている川は、流れているのかいないのか、いつまでも水面にペットボトルが浮いていて、藁くずや犬のかたちが思い出のように揺れている。いまでも子どものわたしがザリガニをつかまえて笑っている。

＊マーク・トウェイン（千葉茂樹訳）『ハックルベリー・フィンの冒険』を織り込みました。なお、ヘミングウェイの川もリチャード・ブローティガンの川もレイモンド・カーヴァーの川も、みなマーク・トウェインのミシシッピーに流れ込んでいる。そんな気がします。

テーブルのあしを洗っている葡萄酒色の海が……——目次

装幀＝倉本　修
カバー絵＝相沢育男（表）
相沢律子（裏）

相沢正一郎（あいざわしょういちろう）

一九五〇年、東京生れ。

詩集
『リチャード・ブローティガンの台所』（一九九〇・書肆山田）
『ふいに天使が　きみのテーブルに着いたとしても』（一九九三・書肆山田）
『ミツバチの惑星』（二〇〇〇・書肆山田）
『パルナッソスへの旅』（二〇〇五・書肆山田）
『テーブルの上のひつじ雲／テーブルの下のミルクティーという名の犬』（二〇一〇・書肆山田）
『プロスペローの庭』（二〇一二・書肆山田）
『風の本　〈枕草子〉のための30のエスキス』（二〇一五・書肆山田）
『パウル・クレーの〈忘れっぽい天使〉を　だいどころの壁にかけた』（二〇一九・書肆山田）

テーブルのあしを洗っている葡萄酒色の海が…… 相沢正一郎詩集

二〇二二年一一月二八日初版発行

著　者　相沢正一郎
東京都東村山市富士見町三—一七—二四（〒一八九—〇〇二四）

発行者　田村雅之

発行所　砂子屋書房
東京都千代田区内神田三—四—七（〒一〇一—〇〇四七）
電話　〇三—三二五六—四七〇八　振替　〇〇一三〇—二—九七六三一
URL http://www.sunagoya.com

組　版　はあどわあく

印　刷　長野印刷商工株式会社

製　本　渋谷文泉閣